本书由安徽师范大学教育基金会宝文基金资助出版

远方诗词集

黄元访 著

安徽师范大学出版社
·芜湖·

责任编辑：汪鹏生
装帧设计：丁奕奕

图书在版编目(CIP)数据

远方诗词集/黄元访著. —芜湖：安徽师范大学出版社，2017.1
ISBN 978-7-5676-2736-9

Ⅰ.①远… Ⅱ.①黄… Ⅲ.①诗词－作品集－中国－当代 Ⅳ.①I227

中国版本图书馆CIP数据核字(2016)第022342号

YUANFANG SHICI JI
远方诗词集
黄元访 著

出版发行：安徽师范大学出版社
芜湖市九华南路189号安徽师范大学花津校区 邮政编码：241002
网 址：http://www.ahnupress.com
发 行 部：0553-3883578 5910327 5910310(传真) E-mail：asdcbsfxb@126.com
印 刷：安徽芜湖新华印务有限责任公司
版 次：2017年1月第1版
印 次：2017年1月第1次印刷
规 格：700×1000 1/16
印 张：6.75
字 数：100千字
书 号：ISBN 978-7-5676-2736-9
定 价：28.00元

自序

我们这一代人，生活中遇到过不少坎坷。我学习写作诗词，也经历了很多坎坷。

我生于1949年，这一生所受的教育很不完备。

首先是教育时段缺失。小时候，乡村没有幼儿园，我的学前教育就是跟着父母亲诵读唐诗。1955年入小学读书，父母的诗教便由学校教育取代。1966年6月，“无产阶级文化大革命”全面爆发，全国大中小学停课闹革命，各大学停止招生。其时我刚读完高二，距考大学还差一年，从此失去了上大学的机会。直到1977年恢复高考，我考入安徽师范大学，时光已蹉跎了十年，错过了学习科学文化知识的最佳年龄。

再就是教育门类的缺失。上世纪五十年代中期的小学教育，除了语文和算术两门主课，其他地理、自然、音乐、美术、体育等课程都开不齐全。到1960年，饥荒来袭，食不果腹，则连语文、算术的学习也难以为继了。1961年国民经济调整、恢复，吃饭问题逐步解决，我于当年夏天考入本地的古饶中学读初中，才开始接受比较全面的学科教育，语文、数学、政治、历史、地理、物理、化学、音乐、美术、体育等各门课程都开全了，但没开外语。

1964年考入宿城一中读高中。学校设在宿县地委所在地宿城，又是省重点高中，师资、设备、校舍等条件在当时无疑是最好的,各门课程都开全了，但可惜遇上了“文革”，读到高二便戛然而止。

还有就是教育内容的缺失。那时的教育方针是“教育必须为无产阶级政治服务”，所以中小学语文教材中多是为当时政治服务的内容。我自幼喜爱的古典诗词在教材中选得很少，每册不过三四首，且多是能多少与阶级斗争联系上的篇目，如杜甫的《石壕吏》、《羌村三首》、《茅屋为秋风所破歌》，白居易的《卖炭翁》、《观刈麦》、《缭绫》，李绅的《悯农》等。好在伟大领袖也写古诗词，所以课本里还选了不少领袖的诗词。这样，我的诗教才得以继续。但那时的古典诗词教学，老师有一套固定的模式，即作者简介、写作背景、词语解释、中心思想、写作特点等，主要还是鉴赏性的讲解，对于古诗的发展历史、诗词的格律，则闻所未闻。到了大学，开了中国文学史课，对于诗词的源流、发展、各个时代的主要诗人及其代表性作品大体弄清楚了，但对诗词的写作、诗词的格律、平仄等，仍然阙如。可能因为伟大领袖不提倡年轻人写古诗词吧，说是怕束缚了思想。好在那时改革开放了，很多书籍也解放了，出版业一时兴盛，学校图书馆也开放了很多好书。我就在那个时候读了一些关于诗词格律的书，如《词律》、《词综》、《古诗源》等，特别是王力先生的《诗词格律》带我跨进了诗词写作的门槛。

我大学毕业以后，被分配到省教育厅从事教育行政管理工作，一年到头忙于各种事务和公文写作，公文写作的逻辑思维挤走了诗词写作的形象思维，所以，我的诗词写作刚刚起步便已止步。直到退休前后，才有闲暇重新学习古诗词写作。特别是学会使用手机微信以后，抒写感情变得更为方便快捷，一机在手，随时随地可以书写、发布，并能及时得到朋友圈各位师友的批评、反馈，写作的积极性大为高涨。这个集子里所收的诗词，大部分是我在微信上写的。因为我微信的网名叫远方，是我姓名中后两个字的谐音，所以书名定为《远方诗词集》。

必须说明的是，直到现在，我还只是一个古典诗词的爱好者、学习者，对格律的掌握并不精严，对诗词意境的追求也并不高远。我只是想通过自己的兴趣和努力，引起更多的人对中国辉煌的古典诗词阅读和写作的兴趣。书中众多瑕疵，在所难免，恭请各位方家教正。

这本书的编辑出版，首先要感谢安徽师范大学出版社汪鹏生社长的鼎力支持，没有他的鼓励和支持，我是没有勇气将这些小诗结集出版的。然后要感谢省文化厅副厅长、文学评论家唐跃先生在繁忙的工作中抽出时间，为我这本小书作序。还要感谢众多微信好友的支持和鼓励。我的每一首小诗在朋友圈一发表，就会很快得到很多朋友的关注、点赞、评论和鼓励，正是大家的支持和鼓励，促使我不断写作、思如泉涌。最后，我的同事、《教育文汇》杂志副主编王莉女士为本书的编辑提出了不少好的建议并提供了很多技术上的支持，在此一并深致谢意！

黄元访

2016. 11. 23

腹有诗书气自华

——写在黄元访《远方诗词集》出版之际

唐　跃

作为恢复高考后最早入学的77级学子，我们固然幸运，而我们中的许多人也有措手不及的另一面。以我而言，虽然考上了中文系，却缺乏深造文学的准备。比如古典诗词，那时能够背诵的除了“床前明月光”这样的精悍短篇，其他能从头背到尾的诗篇屈指可数。入学之前，跑到新华书店连夜排队买了《唐诗三百首详析》和《唐宋名家词选》，打算进校之后恶补。实际上，我的更大幸运来自就读期间遇到了很多满腹经纶、诲人不倦的良师益友，老师当不必说，同学中间也有诸多基础扎实、才华横溢者，元访兄便是其中最突出的一位。我们那时同吃同住同上课，同窗之间拜师学艺尤为便利，我主动向元访兄靠拢，通过平时的频繁接触，从他身上学到许多课堂上学不到的知识，四年下来受益匪浅。

元访兄熟读诗书，又写得一手好文章。在校期间，学生会编了一个刊物《赭山》，发表同学们的习作。元访兄为创刊号写了一首洋洋洒洒的长诗《赭山之歌》，代发刊词。其他同学拜读之后，一是佩服，二是相互激励，以元访兄为榜样多学多写，努力提高创作水平。元访兄读书极为广泛，说到古典诗词更是如数家珍。进校不久，守鹏兄去老表家做客，元访兄、延年兄一同前往，席间上了一盘腊肉炒蒌蒿，元访兄没吃过，赞不绝口，问是何菜？延年兄说是蒌蒿，元访兄脱口而出，吟起苏轼的《惠崇春江晚景》："蒌蒿满地芦芽短，正是河豚欲上时。"再有一次，我们的唐宋文学课讲到陆游，我说陆游的爱国诗词写得极好，元访兄却背起了《钗头凤》："红酥手，黄滕酒，满城春色宫墙柳。"接着说起陆游与唐琬的爱情故事，评价这首词与苏轼的《江城子》并称宋代爱情词作中的双璧。几年之后，我们的学习有了一些积累，元访兄、人云兄、学纯兄与我四人组织了一次学术交流，元访兄的讲座题目是《李白诗歌中的月亮》，对李白笔下的月亮意象进行梳理分类，并给以深入浅出的解读。后来，他把讲座内容整理成文，发表在《安徽师大学报》上。

在学校时，我向元访兄学习了不少古典诗词知识。没有想到，离开学校已经数十年，我再度受他影响，开始了古典诗词写作。很长时间以来，元访兄的诗词创作只是偶尔为之，那是忙于公务所致，其实在他心中，深深爱好诗词的那份情结和创作欲望始终保持着、萌动着，闲暇时间一旦多了起来，诗词创作便一发而不可收。我也是这样，自从在中文系的课堂上系统接触了唐诗宋词，学着写诗填词的念头一直潜伏着，常有写作冲动，但总是静不下来，所以此前极少动手。近两年，看到元访兄和其他几位朋友常在微信圈发表诗词作品，心里痒痒，跃跃欲试。今年春节的前几天，元访兄又在微信圈发出一首新作《浣溪沙》："六十七年六遇申，可堪回首忆前尘？转眸又是一年春！归雁已传云外信，东风解冻添精神，山河万里欲图新。"我是丙申年生人，想到再过几天就是丙申年了，一个甲子，两遇丙申，百感交集，当即次韵奉和。虽然是第一次填词，我想既然做了就尽量做好，接下来的两天推敲用词，调整平仄，并在除夕之夜以《浣溪沙·丙申元日感怀》为题晒到微信圈里："我辈两回逢丙申，蹉跎岁月走寰尘，花开花落总为春。已去寒冰无片影，徐来暖意有精神，吟哦一曲更翻新。”从那以后，我的诗词写作逐渐多了起来。

如今，元访兄的《远方诗词集》已在付梓之间，可喜可贺。集中所收篇什，我大多在微信圈里读过，现在整体阅读一遍，与零散快读的印象又有许多不同。首先，这些诗词有许多写给亲人或友人，流露出真挚浓郁的亲情和友情。那首《七律·梦母》，深情回忆了母亲的慈祥和勤劳，尾联写道：“今日远瞻庐墓处，一思老母一潸然。”另一首《七律·祭父》，生动再现了父亲当年为自己讲习古文的场景，尾联写道：“遗训谆谆垂后世，潍河无语潺潺流。”读来无不令人动容。再有一首《戏作打油诗纪游》：“六个小老头，结伴作春游。白天看风景，晚上吹大牛。有空打打牌，无事喝喝酒。沉醉山水里，乐于神仙俦。”一边记述春游过程，一边畅叙了六位老友结伴出游的友情，语言质朴，几十年的深情厚谊跃然纸上。其次，这些诗词中还有许多述怀励志之作，胸襟豁达，境界开阔。例如《鹧鸪天·格桑花》的下片写道：“不择地，无矜夸，高原平地尽安家。西风一夜吹霜露，化作繁星漫天涯。”借花喻人，热情讴歌了不计得失的奉献精神和不矫情、不浮夸的求实作风。又如《江城子·秋雨置酒》的下片写道：“少年意气曾飞扬，诵诗书，著文章，天下苍生，都在胸中藏。时势蹉跎岁月老，望远山，赋夕阳。”回首既往，放眼未来，尽情抒发了永远不变的家国情怀。另如《永遇乐·望月》，上片描绘了丙申十月望日，月大如轮，朗照山河的壮观景象，下片转入议论：“且邀入室，高悬壁上，照我案头笔墨。从今后，直抒胸臆，大书家国！”从月亮写到人，淋漓尽致地挥洒了老骥伏枥、志在千里的远大抱负。再次，这些诗词的用语经过反复推敲，精心雕琢，不仅准确到位，而且富有韵律和美感，郎朗上口，便于吟诵，从前文所举的例子中都能得到证实。

既然是祝贺《远方诗词集》出版发行而撰此文，以诗词作结，当是正解，因赋《贺新郎》一阕，恭请元访兄和诸位方家教正：

元访出新著。
诗和词，苏辛李杜，幼时延慕。
评说太白邀月事，初试牛刀赭麓。
别仕宦，重新起步。
一字吟安须捻断，更哪堪、格律无今古。
曲有误，周郎顾。

平生心愿行间诉。
忆双亲，黯然祭父，潸然哭母。
挚友同斟新醅酒，孙女翩翩起舞。
忘不了，家国抱负。
荏苒时光难言老，且凭栏、望尽天涯路。
放眼处，响旗鼓。

丙申小雪后四日

目录

亲情篇

友情篇

乡情篇

闲情篇

母校情

亲情篇

济济满一堂，共赏中天月。
饮酒且倾谈，切切情未已。
但祝明年月，犹似此清辉！

七律

祭父

先考1975年7月15日逝世，距今已四十年矣！父亲节将至，思念无已，赋《七律》一首遥祭慈父。

孤鸿失怙四十秋，
少小而今亦白头。
祭扫常思《良马对》，
诵读时念《逍遥游》。①
东山桃李已成树，
南亩耕耘莫问收。②
遗训谆谆垂后世，
濉河无语潺潺流。

2015.6.19

注：

①少年时，父亲常为我讲习古文，岳飞的《良马对》与庄子的《逍遥游》均是父亲讲过的名篇。

②父亲自幼就教导我要认真做事，“只管耕耘，莫问收获”。

七律

梦母

几回梦里见慈颜，
醒后心潮翻巨澜。
三岁教读植慧根，
一生行善种福田。
飞针织补陋服鲜，
巧手烹调粗饭甜。
今日远瞻庐墓处，
一思老母一潸然。

2014年母亲节

古风

孙女

我有俩孙女，顺顺和豆豆。
一对小娇憨，是我心头肉。
顺顺逾十龄，读书已通透。
豆豆过三岁，背诗五十首。
顺顺性颖悟，电游是高手；
脑筋急转弯，十能参八九。
豆豆强记忆，过耳即上口；
学猫即像猫，画狗亦肖狗。
常作绕膝戏，天真伴衰朽。
亲情暖我心，欢笑添我寿。
默默感上苍：待我何其厚！
殷殷告先祖，我门幸不瘦！

2015.4.30

古风

中秋

年年过中秋，今年更开怀。
侄子和侄女，远自西安来。
还有外孙女，读研来合肥。
孙女正髫龄，绕膝学凤飞。
外戚来更远，玉门关外客。
赠我高原酒，遗我黑枸杞。
济济满一堂，共赏中天月。
饮酒且倾谈，切切情未已。
但祝明年月，犹似此清辉！

2015.9.28

七律

赠杜鹃

故人之女杜鹃，负笈海外，迄三十年。乙未仲秋，回国探亲，特来看我。叔侄相见，感慨良多！赋七律一首，以记此会。

去国离乡三十年，
归来容貌犹童颜。
目如秋水常宁静，
态若白云自安闲。
细语重温少小事，
嘉言再祝夕阳安。
匆匆一聚又离别，
天海从今共月圆。

2015.10.4

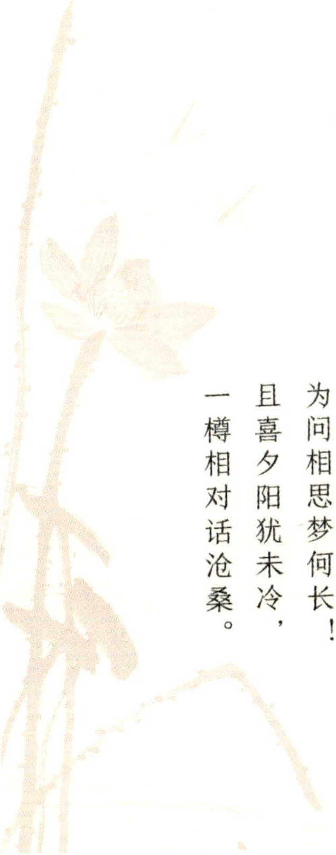

友情篇

十年岁月太匆忙，
为问相思梦何长！
且喜夕阳犹未冷，
一樽相对话沧桑。

七律

赠友人

未共青山已十年，
今朝联翩到新安。
岭头松竹赏心绿，
江上芷兰随意鲜。
四载弦歌知子慧，
八秋樽俎感君贤。
白云苍狗随风逝，
留得真情天地间。

2007.6.16

古风

谢统海老弟邀登淮北龙脊山

昔闻龙脊山，今登龙脊峰。
龙脊在何处，吾里径往东。
水色明碧玉，山势如蟠龙。
森林三万亩，上下郁葱葱。
主人飨我餐，美酒斟满盅。
水库鱼鲜美，山鸡味香浓。
且尽一樽酒，聊谢老友情！

2014.10.20

古风

江南纪游

才晤黄山云，又睹镜湖水。
江南旧游地，常萦梦魂里。
老友相见欢，把臂言未已。
只问烟酒茶，不言笔墨纸。
昔时美少年，今日鬓发白。
尚有侠气存，举杯仍见底。
临岐不洒泪，珍重两依依。

2015.1.18 芜湖

七律

哀思

告别小耿归来，独坐良久，哀痛无已，作七律一首，聊寄哀思。

哀思如海复如潮，
唯有哀魂不可招。
初夏风来觉露冷，
三春雨后怜花娇。
衣香鬓影此时逝，
诗韵歌音何日消？
芳魄一飞千万里，
青天碧海任逍遥。

2015.5.6

七绝

有感

十年岁月太匆忙，
为问相思梦何长！
且喜夕阳犹未冷，
一樽相对话沧桑。

2015.5.27

采桑子

重阳

金风送爽又重阳，
桂也芬芳，
酒也飘香，
老友同欢聚一堂。

举觞共饮话沧桑，
身也安康，
人也吉祥，
但祝来年岁月长！

2015.10.22 重阳节

浣溪沙

立春日次韵奉和纯道兄

六十七年六遇申，
可堪回首忆前尘？
转眸又是一年春！

归雁已传云外信，
东风解冻添精神，
山河万里欲图新。

2016.2.4

五律

送荣国退休返沪定居

赭麓荷塘畔，
男儿际会时。
风云昨日梦，
淡泊今朝诗。
卅载年华短，
一生情谊执。
申江幸不远，
淝水常相期。

2016.2.7

满庭芳

奉和振科兄

梅吐寒香，
柳开娇眼，
草色初染溪山。
玉兰擎笔，
红杏欲出垣。
细认堂前旧燕，
今重来，翠羽翩翩。
日方暖，收拾几案，
容我醉时眠。

夜阑，酒醒处，
细思平生，
漫忆朱颜。
任心底，
腾涌往事千端。
堪叹平生志业，
都付与似水流年！
天将晓，小楼前后，
鹛鸪又啼喧。

2016.3.16

五律

谢赠花

春节将至，两位老朋友先后赠送花事四品，感动、温暖，赋五律一首作谢。

新春佳节至，
老友送清芬。
丹橘果实繁，
杜鹃蓓蕾新。
书房添绮丽，
陋室满氤氲。
何物最珍贵？
故人一片心。

2016.2.7

七律

致同事

十年同事胜亲朋，
默契长存不语中。
心似水晶莹且洁，
质如兰蕙香犹清。
命笔成文思道韫，
从容处世念缇萦。
忘年交往每欣慰，
雏凤清于老凤声。

2016.4.14

七绝

和杨屹

耳顺以来添病多，
昂藏七尺奈疾何？
禅关参透皮囊贱，
无碍偶然醉脸酡。

2016.3.16

戏作打油诗纪游

六个小老头，结伴作春游。
白天看风景，晚上吹大牛。
有空打打牌，无事喝喝酒。
沉醉山水里，乐于神仙俦。

2016.4.21

水龙吟

送郑大明同志赴考试院任

六年患难同舟，
并肩几度经风雨。
淡烟杯酒，
从容面对，
笑谈无惧。
云梦泽深，
长淮流远，
大别蓊郁，
酿书生肝胆、男儿志趣，
共进退，同期许。

今日与君话别，
对离筵、难平思绪。
北疆冰雪，
南天虹霓，
都成记忆。
何时再为，
感时论世，
推门长叙？
剩香烟佳茗，
更无人来，
隔墙唤取！

2008.1

沁园春

北美校友返校聚会

三十五年，
梦里常逢，
难忘江南。
纵重洋远隔，
音容渺渺，
长空难渡，
思绪绵绵。
才俊白头，
佳人迟暮，
母校归来相见欢！
筵席上、话往昔旧事，
笑闹樽前。

当年负笈赭山，
对黄卷青灯常废眠。
看龙腾虎跃，
人人努力，
热情如火，
个个争先。
世事无常，
人生有限，
今日回眸俱似烟。

长歌罢、祝此身长健，
此意常牵。

2016.11.21

金缕曲

遇旧

近日返乡，遇中学时挚友，自上山下乡一别，近五十年矣！感慨万端，乃赋长歌。

对酒哪堪说！
五十年、无边风雨，
万千心结！
今日归来执君手，
相望鬓间飞雪。
伤别久、涕零泪咽。
犹记当年曾相悦，
又谁知、误失百年期，
劳燕飞，但啼血！

匆匆一聚又离别。
叹秋风、不解人意，
飘零黄叶！
汴水萧萧巷陌寂，
滴雨梧桐声歇。
临歧处、叮咛深切：

此去再毋重相失，
各珍重、共赏清秋月！
长相忆，常相约。

2016.10.20

七绝

寄友人

别来观海复观山，
风雨沧桑五十年。
今日已成林下客，
却抚华发忆红颜。

2016.10.9

鹧鸪天

格桑花

应有春心感物华，
深秋忽见满园花。
朴如小草遍山野，
艳若夭桃映彩霞。

不择地，无矜夸，
高原平地尽安家。
西风一夜吹霜露，
化作繁星漫天涯。

2016.10.11

采桑子

雨山湖忆旧游

雨山湖上雨蒙蒙，
润了钢城，
醉了诗城，
无限秋光无限情。

三十余年如一梦，
湖海飘零，
岁月凋零，
且过悠游后半生。

2016.10.15

七绝

谢荣国寄赠新书

我在庐州君在吴，
迢迢千里寄新书。
未曾启阅心先暖，
字里行间情谊笃。

2016.9.9

七律

奉和传家兄并谢诸同窗

负笈江南四载游，
弟兄姊妹尽风流。
年轻曾蓄鸿鹄志，
位卑常怀家国愁。
浪迹江淮幸无憾，
浮沉湖海复何求？
晚来高卧小楼上，
微信群中忝作头。

2016.7.29

乡情篇

故园来去又匆匆，
七载情思意万重。
莫叹春风交臂过，
眼前依旧石榴红。

七律

宿州

堂堂立国三千载，
莽莽建城五代前。[①]
大泽揭竿秦政息，
符离鏖战宋廷延。
嵇康傲岸隐濉水，
居易风流客贺山。[②]
我诞于斯长于斯，
朝朝暮暮梦魂牵。

2016.4.12

注：

①宿州建城于唐宪宗元和四年，距今已历宋、元、明、清、民国五个朝代。

②白居易少年时随父宦游，曾客居宿州古符离多年。其故居在今符离镇贺山下。

七绝

回乡偶书

故园来去又匆匆，
数载情思意万重。
莫叹春风交臂过，
眼前依旧石榴红。

2014.6.6

七绝

泗县石龙湖湿地公园

石龙湖上秋阴浓，
蒹葭飘萧舞西风。
一箭快艇破浪去，
回眸万顷水云空。

2014.10.18

五律

秋分夜记梦

青天月半轮，今夜是秋分。
溽暑将消尽，嫩寒欲袭身。
故乡秋作忙，游子归思深。
梦里度淮北，来寻少小心。

2016.9.22

望江南

大学记忆（四首）

一

江南好，
相遇正韶年，
“四害”初除民气涨，
冰河解冻百花鲜，
儿女奋攻关。

二

江南游，
难忘是联欢。
玉树亭亭联袂立，
一章吟罢满堂喧，
共道才情兼。

三

江南忆，
最忆是赭山。
一塔秀出高岭上，

长松数株挂晴岚，
指顾论江山。

四

江南美，
最美在舌尖。
一尾江鲥数盏酒，
半轮月亮星满天，
携手踏歌还。

2016.2.15

闲情篇

片片娇红错绿萼，
朱颜未让牡丹多。
悄然相对南窗下，
一阵金风一曲歌。

满江红

那拉提草原

纵马天山
最深处，
层峦负雪。
丽日下，
松杉叠翠，
湖光明灭。
长草起伏碧浪涌，
羊群迤逦白云接。
看毡房点点
布草原，
旗猎猎。

胡杨树，
干似铁；
巩乃斯[1]，
水清冽。
那拉提景物
中华冠绝！
成吉思汗遗迹在[2]，

《草原之夜》歌未歇[3]。
哈萨克
驰骋展雄姿，
逞热血。

2006.6 新疆伊犁

注：

①巩乃斯，那拉提草原上的一条小河。
②那拉提是当年成吉思汗西征经过之处。
③著名民歌《草原之夜》即创作于那拉提草原。

沁园春

登嘉峪关

雪岭连绵，
戈壁苍茫，
雉堞巍峨。
算残砖断瓦，
曾经战阵；
飞檐翘角，
几历兵戈！
莽莽黄沙，
殷殷碧血，
千古风流壮志多。
览青史，
叹英雄不死，
常载浩歌！

而今度尽劫波，
喜万里长城舞婆娑。
看东风高柳，
连天涌翠，
斜阳晚照，
遍地牧驼。
车辆穿梭，

游人来往，
争上高楼瞰大漠。
登临罢，
渐云蒸四野，
霞染城郭。

2007.5.25 嘉峪关

七律

牯牛降

远山苍莽凡尘外，
溪涧喧腾幽壑中。
空翠养心兼养目，
烟岚萦竹亦萦松。
临渊观水羡鱼乐，
入室品茗赏色红。
借问神牛何处是？
夕阳高卧第一峰。

2007.6.16 祁门牯牛降

水调歌头

东坡赤壁

滚滚长江水，
东逝不回还。
巍巍石壁高耸，
曾伴东坡眠。
一阕“大江东去”，
前后赤壁两赋，
华彩世间传。
黄州何幸哉，
僻地得佳篇！

《定风波》，
《卜算子》，
《临江仙》……
南渡迁客，
竟得诗情似涌泉！
堪笑乌台群小，
构陷罗织冤狱，
成就东坡贤。
霁月光风里，
千秋气凛然！

2007.7

七绝

正月初一水仙花开

仙子凌波驾雾来，
素衣不染俗尘埃。
有缘却似前生定，
吉日良辰自绽开。

2014年春节

七绝

登武当山

青山碧水锁烟霞，
紫府琳宫道士家。
金殿凭栏极目处，
汉江秦岭望无涯。

2007.10.

七绝

杜鹃花开

春风昨夜过帘栊，
吹绽杜鹃一树红。
传语东君多借力，
河山万里待春晴。

2015.2.20

鹊桥仙

乙未七夕

韶华已逝，
青春渐远，
又是秋风一度。
如烟往事梦魂里，
回首处、深情谁诉？

读书观剑，
赏山吟水，
可叹壮心辜负！
青山红粉俱迟暮，
且举杯、向天遥祝！

2015.8.20

七绝

红掌花

片片娇红错绿萼，
朱颜未让牡丹多。
悄然相对南窗下，
一阵金风一曲歌。

2015.9.29

古风

石斛兰

石斛本仙草，功可肉白骨。
生长大山里，荣枯同草木。
一朝出深山，即成掌上珠。
炮制为药饵，身价千金足。
服食已有年，未识真面目。
今日睹其华，惊为天上姝！
质与形俱美，真可称英物。
做人亦如是，愿君学石斛！

2015.9.29

书生赋

微信测试游戏测得我前世是书生，感而赋诗。

前世书生，今世书生，
惟愿此身，世世书生。
不为富贵，不求功名，
只为快乐，修身养性。
经史子集，佛道墨孔，
诗词歌赋，医卜相星，
有书即读，开卷即行。
学仁学义，修德修能，
焚膏继晷，皓首穷经。
人生读书，读书人生，
世世不悔，乐在其中。

2016.2.11

七律

恢复高考38周年随感

“文革”十年高考停，
神州八亿衣冠穷。
一朝喜讯传天下，
千万考生入闱中。
纵论攻关拯国运，[1]
誓将科学济苍生。
辉煌一战成功后，
回望长河浪奔腾。

2015.12.10

注：

①1977年高考作文试题为《攻关》。

五律

京城遇霾

淮上倦游客，长安冷眼人。
京城雾霾重，四野民情殷。
冠盖多如鲫，贤能少似麟。
长歌且浩叹，谁解寄托深。

2015.12.21 于北京

七绝

赏梅

元宵节近天犹寒，
梅舞东风春满园。
粉白嫣红千百树，
回观冰雪已阑珊。

2016.2.19

满庭芳

隋堤柳新

时近清明，返乡祭扫，在宿州与中学老友相聚，因赋此阕，聊寄乡情。

隋堤柳新，
汴河波暖，
转眼又近清明。
远归游子，
沉醉故园风。
多少缤纷旧事，
重回首，云绕烟笼。
且衔杯、浅斟慢酌，
再叙少年情。

匆匆，五十载，
年华似水，
岁月飘零。
到而今、方知万相皆空。
代代因缘相续，
变幻出，世事如虹。
夕阳下，长空霞染，
一字排归鸿。

七绝

清明品新茶

新焙毛峰似绿金，
一盅饮尽遍山春。
诗书读破百千卷，
方悟《茶经》最怡人。

2016.4.4 清明

七绝

赏花

阳台花草又逢春，
斗艳争妍朵朵新。
一杯清茗独自赏，
赏花人是爱花人。

2016.4.15

五绝

响洪甸组诗（四首）

一

思念响洪甸，暮春结伴来。
青山多妩媚，对我敞襟怀。

二

浩浩汤汤水，重重叠叠山。
轻舟驰碧浪，恍若非人间。

三

空山春寂寂，天地绿茵茵。
不见人行迹，但闻雀鸟音。

四

远山影隐约，近水雾氤氲。
水墨画屏美，我成画里人。

七绝

砀山行（二首）

梨树王

虬枝老干纵横斜，
百岁遐龄立碛沙。
春雨春风梳沐后，
玉龙抖擞振鳞甲。

梨树神

百岁老梨号树神，
年年结果逾千斤。
我来岂效愚夫拜，
要学精神传子孙。

2016.4.9

七绝

肇庆七星岩

传说北斗降尘寰，
湖上平添七座山。
只道身居古象郡，
却为肇庆七星岩。

2016.5.29

七律

无题

又是一年春尽时，
落花满地鬓添丝。
弦歌萦绕梦魂远，
神态依稀话语迟。
彼岸风光应迥异，
此间人事料难知。
关山迢递暮云重，
聊赋思君一阕诗。

2016.5.4

七律

夏游响洪甸

長夏寻幽入楚山，
白云修竹自安闲。
松风拂面消炎暑，
泉水洗心忘世烦。
老友多情劝美酒，
野蔬有味引清欢。
临行执手仍依依，
相约重来在下年。

2016.8.13

永遇乐

望月

丙申十月之望，月大如轮，朗照山河，据说为六十八年来离地球最近。

六十八年，
今宵一遇，
最美明月。
海北天南，
欢呼同赏，
万里寒光澈。
青天如海，
薄云似浪，
看她轻盈滑越。
凭栏问、吴刚玉兔，
能否一倾桂魄？

余生恰巧，
刚刚过罢，
六十七岁生日。
今晚玉壶，
莫非为我，
六十八岁贺？

且邀入室，
高悬壁上，
照我案头笔墨。
从今后，
直抒胸臆，
大书家国！

2016.11.14

七律

国庆长假有感

老来有味是清欢，
不去名城不访山。
薄酒一杯窗下坐，
落花几瓣醉中观。
童孙常至膝前戏，
书卷每从榻上翻。
一梦酣沉到破晓，
醒来感觉似神仙。

2016.10.1

五律

淝上秋意

昨夜露华冷，今朝云气清。
远山舒画卷，近树断蝉鸣。
篱畔菊开盛，楼前桂香浓。
长空飞雁过，撩动故园情。

2016.10.8

江城子

秋雨置酒

凉风疏雨近重阳，
菊初黄，桂飘香，
举盏持螯，独坐忆沧桑。
六秩人生多少事，
且尽酒，赏秋光。

少年意气曾飞扬，
诵诗书，著文章，
天下苍生，都在胸中藏。
时势蹉跎岁月老，
望远山，赋夕阳！

2016.9.28

母校情

你会屹立在我们的身后，
倾听我们深深的思念，
你会屹立在我们的心头，
为我们鼓满前进的征帆。

赭山之歌

“山不在高，有仙则名。”——刘禹锡《陋室铭》

一

祖国是一本大书，
你是这书中
一个小小的逗点；
长江是一串繁花，
你是这花上
一片薄薄的花瓣。
呵，赭山，
你那么小——
占地不到五平方里，
你那么矮——
还把不过十几标杆。
但我的热血
却常常为你激荡呵，
我的竖琴
也总想对你鸣弹。

我来自遥远的北方，
走过那么多峻岭，

登过那么多名山——
日观峰的曙色，
八达岭的云烟，
秦岭的积雪，
太行的林泉……
都曾激荡过我的诗情，
拨响过我的心弦。
而如今，面对你
小小的丘壑，
低低的岗峦，
我却感到
从未有过的亲切，
从未有过的依恋。

我爱你春天的
一团青翠，
我爱你秋日的
红叶满山
我爱你茂密的松林
和林中的沙路，
我爱你山顶的古塔
和塔上的晴岚。

若要说这一切只是
普通的山峦呵，
那么，我更爱你
是一个
人类灵魂工程师的
摇篮。

二

不要去辨认
张于湖退隐的
归来堂，
不要去寻觅
黄山谷读书的
滴翠轩，
这里，今天是
幢幢高楼，
处处庭园；
人才济济，
歌舞翩翩，
一代风流正少年。
消逝了——
广济寺悠长的
晨钟暮鼓，
熄灭了——
吉祥庙繁盛的
烛火香烟。
这里，今天是
电铃叮叮，
电灯闪闪，
书声琅琅，
笑语喧喧，
五千儿女奋攻关。

到四合院来吧，
恽代英的足迹，
已经深深埋进了

石板路上的苔藓；
到爱晚亭来吧，
蒋光慈的声音，
依然悠悠回响在
后来学者的心间。

三十年，
一代代园丁
从这里走出，
去开辟
一块块
崭新的果园；
一颗颗种子
从这里飞散，
去孕育
一个个
美好的春天。

呵，赭山，
你是一块
巨大的酵母呵
在千里江淮
催发文明智慧；
你是一座
巍峨的灯塔呵，
指引着一代代青年
探索着真理的航船。

三

多么幸运呵，
赭山，
我们和你相逢，
在那满怀希望的
一年——
祖国，刚刚结束
十年动乱，
民族，刚刚脱离
一场灾难。
山脚的荷塘里
还积满
经年的污垢，
教室的墙壁上
还留着
武斗的枪眼。
我们来了，
从黄山，
从大别山，
从芒砀山，
像一股股泉水
汇流进
你的山涧，
像一朵朵白云
飘飞到
你的山巅。

黎明，我们走上山顶
迎着霞光晨读，

黄昏，我们漫步松林
踏着月光倾谈。
图书馆里，
我们翻拣着
厚厚的卡片；
实验室里，
我们注视着
小小的试管。

你和我们一起睁开
询问的眼睛，
你和我们一同考察
四化的关键，
你和我们一样思索，
你和我们一道争辩。

呵，赭山，
你是一座
巨大的熔炉，
青春——
在你脚下闪光，
生命——
在你石上磨炼。

四

在长江波涛
奏响的摇篮曲里，
我们成长了，
像赫克里斯

即将跨出
自己的摇篮。
当年的乳燕
就要展翅高飞，
再也不会
绕梁呢喃。
当那离别的
时刻到来，
呵，赭山，
我们将列队
站在你的面前，
就像士兵听从
指挥员的派遣。
我们将用
多情的目光，
再一次亲吻
你绿色的丛林
和红色的山岩。

呵，祝福我们吧
赭山，就像母亲
对远行儿子的
热诚祝愿。
我们将带着
你的祝福，
去跋涉祖国的
万水千山，
把桃李的芬芳
播进亿万个
幼小的心田。

我们用不着
互道“再见”，
因为，你不会
和我们分开呵，
你永远和我们
心心相连。
你会屹立在
我们的身后，
倾听我们
深深的思念，
你会屹立在
我们的心头，
为我们鼓满
前进的征帆。

1981.5

百　年

——百年校庆致母校（宿城一中）

一

在时光的隧道中
百年只是瞬间，
在历史的华章里
百年只是片段；
可是，
在人生的旅途上
百年却是一生，
在记忆的屏幕上
百年就是永远！

啊，百年沧桑，
百年云烟，
百年弦歌，
百年璀璨。
一百年的岁月，
塑造了您——
我的母校，
塑造了您

如山的伟岸，
塑造出您
如花的容颜！

今天，
我从远方归来，
脚步匆匆，
心潮漫漫。
我来寻觅——
寻觅我
少年的梦想，
寻觅我
青春的眷恋；
我来歌唱——
歌唱您
百年的辉煌，
祝贺您
百年华诞！

二

一百年前，那位
年轻的同盟会员，
从海外带来火种，
把您的火炬点燃，
现代文明之光，
从此照亮
千里平原。

穿过战火，

透过硝烟，
历经风霜，
历尽磨难，
这支火炬
一直熊熊燃烧，
一代代，
一年年，
在一中人手上，
在一中人心间，
生生不息，
薪火相传！

啊，母校，
您像一颗种子，
在末代王朝
一片冻土中
萌生；
您像一棵大树，
在共和国
教育的沃土上
伸展。
改革东风吹拂，
开放春雨浇灌，
今天的您，母校，
根须深厚，
枝干茁壮，
叶茂花繁。

三

当年，
我们从您身边
离去，
带着憧憬，
带着才干，
带着抱负，
带着信念。
我们
走向田野，
走向城市，
走向军营，
走向大学校园……
我们走向世界
每一个角落，
张开双臂，
拥抱新的蓝天。

今天，
我们相聚
在您的怀抱，
像燕子，
在温暖的旧巢
呢喃，
像游子，
依偎在
母亲的膝前。
让我们举起手
向您报到，亲爱的

母校，这如林的手臂
等待您的
检验！

这些手，
曾经扶犁，
曾经握枪，
曾经点击键盘，
曾经撬动杠杆；
这些手，
曾经揿动庄严的
表决器，
这些手，
曾经指点
祖国的万里江山！

请为我们骄傲吧，
亲爱的母校，
因为，我们
都是您的儿女，
我们都是
以您的名义
学习、工作、
创造，贡献！

四

当年，
和您告别，
我们正当

青春年少，
绿鬓朱颜；
今天，
我们归来，
已经是
白发飘萧，
霜染华颠。

而您——
亲爱的母校，
依然年轻，
依然壮健，
青春焕发，
生机盎然。
因为您的心中
永藏挚爱，
因为一代代新人
在您的血液里
生长，循环！

今天，是您的
百岁生日，
我的母校，
我心里涌动
万语千言。
啊，我年长的
前辈校友，
我年轻的
同学伙伴，
让我们一起

放声歌唱：
祝母校和谐！
祝母校平安！
祝我们亲爱的母校
健康百年！
创造百年！
辉煌百年！

2006.10